Gustav von Moser

Der Hausarzt

Lustspiel in einem Akt

Gustav von Moser

Der Hausarzt
Lustspiel in einem Akt

ISBN/EAN: 9783743314306

Hergestellt in Europa, USA, Kanada, Australien, Japan

Cover: Foto ©Andreas Hilbeck / pixelio.de

Manufactured and distributed by brebook publishing software (www.brebook.com)

Gustav von Moser

Der Hausarzt

Der Hausarzt.

Lustspiel in einem Akt

von

G. von Moser.

Den Bühnen gegenüber Manuscript.

Die Verfügung über das Aufführungsrecht ist der **Deutschen Genossenschaft dramatischer Autoren und Componisten zu Leipzig** übertragen.

Leipzig,

Druck von Ferber & Seydel.

1879.

Personen:

Carl von Römer, Gutsbesitzer.
Anna, seine Frau.
Emil, sein Neffe, Primaner.
Adele von Turnau, Wittwe.
Dr. **Luck,** Hausarzt.
Herrmann, Diener.

Das Stück spielt auf dem Gut des Herrn von Römer, in der Nähe einer größeren Stadt.

Zeit: Gegenwart.

Die Scene stellt einen eleganten Salon dar, Thüren rechts und links. Große Mittelthür, offen, gewährt Aussicht nach dem Garten. Vorn rechts ein Fenster. Sehr elegante Einrichtung. Blumen, Tische, Vasen, Kamin. Links und rechts ein Etablissement.

Erste Scene.

Anna. Herrmann.

Anna (sitzt am Tisch rechts — mit einer Stickerei beschäftigt).

Herrmann (in Livree).

Wann befehlen die gnädige Frau heut' das Mittagessen.

Anna.

Wie gewöhnlich um 4 Uhr. Wir sind allein.

Herrmann.

Also vier Couverts!

Anna.

Das heißt wenn der Doctor vor Tisch kömmt, wird für ihn mitgedeckt.

Herrmann.

Er sagte mir selbst, daß er noch Vormittag kommen würde.

Anna.

Erinnern sie meinen Mann, daß er den Johannisberger herausgiebt.

Herrmann.

Zu Befehl. — Die Journale für Frau von Turnau habe ich dort auf den Tisch gelegt.

Anna.

Es ist gut. (Herrmann ab d. d. M.)

Anna (allein — läßt die Arbeit sinken).

Was soll ich dem Doctor sagen. Heut' Morgen hatte ich eine ordentliche Sehnsucht ihn sobald als möglich hier zu haben — und jetzt — die Sonne scheint so hell und schön — mir ist wieder ganz leicht und wohl um's Herz. Man sagt, wenn wir in ein gewisses Alter kämen, hätten wir Launen. — Wäre ich schon alt genug dazu — 24 — Jahr —! Ach fort mit den Grillen — ich glaube ich hatte schlecht geträumt — und es war die Nachwirkung.

(Nimmt ihre Arbeit wieder auf).

Zweite Scene.

Emil. Anna.

Emil (von rechts — sieht sich um).

Weißt Du nicht wo Frau von Turnau ist, liebe Tante?

Anna.

Ich glaube im Garten. Wolltet ihr nicht zusammen angeln?

Emil.

Jawohl — ich habe es nicht vergessen.

Anna.

Sie gewiß auch nicht — wahrscheinlich wirst Du sie schon am Teich finden.

Emil.

Dann will ich sie um Gottes Willen nicht warten lassen. Verzeih' liebe Tante. (Schnell ab b. b. M.)

Anna.

Merkwürdig, welche Anziehungskraft doch Adele ausübt — mir scheint der gute Neffe sitzt schon recht fest an der Angel.

Dritte Scene.

Carl von rechts. Anna.

Carl (von rechts).

Deine Freundin nicht hier, liebe Anna?

Anna.

Wie Du siehst bin ich allein.

Carl.

Ich wollte sie auffordern, mit mir auf's Feld zu fahren.

Anna.

Glaubst Du, daß es einer Dame aus der Residenz Vergnügen macht, Deinen Weizen anzusehn?

Carl.

Es giebt doch mehr als Weizenfelder — der Wald — die Wiesen — die Berge. Hast Du mich nicht immer gern begleitet?

Anna.

Gewiß — weil ich in Deiner Gesellschaft war, da macht mir Alles Vergnügen.

Carl (ihr die Hand küssend).

Meine liebe Anna! Wenn Du übrigens mitfahren willst, müßten wir den größeren Wagen nehmen — er ist zwar etwas schwer — aber Du weißt ja, der kleine hat nur zwei Sitze.

Anna.

Nein, nein — ich bleibe — ich habe in der Wirthschaft zu thun. Fahrt Ihr nur in dem kleinen Wagen — aber ich fürchte beinah, Du wirst einen Korb bekommen.

Carl (schnell mit Interesse).

Ist sie krank — Du hast heut' zum Doctor geschickt?

Anna.

Krank — nein — aber ich glaube sie angelt.

Carl.

Sie angelt?

Anna.

Ja — mit Emil zusammen.

Carl.

Daß ist ja eine ganz neue Passion von dem Jungen. — Er sollte lieber seine Nase in die Bücher stecken.

Anna.

Es sind ja Ferien lieber Carl — und dann bedenke der steile Rand am Teich — sie biegt sich zuweit über, sie gleitet aus — er springt hinzu — hält sie auf — — ich finde eine gewisse Beruhigung darin — daß er dabei ist.

Carl.

Du hast Recht — es kann ein Unglück geben — ich werde sofort selbst nachsehn. (Will fort).

Anna.

Carl! — Ich glaube gar Du bist eifersüchtig!

Carl (blieb stehn — kehrt zurück).

Ich eifersüchtig? Weil ich Deine Freundin vom Ertrinken retten will.

Anna.

Nein — aber weil Emil sie retten könnte.

Carl.

Aber Anna!

Anna.

Oh ihr Männer seid alle schwach. Wenn ich mit Emil angelte, würdest Du nicht so besorgt sein.

Carl.

Aber liebe Anna — wie kannst Du so etwas sagen? Weißt Du, daß mir dieser Vorwurf weh thut.

Anna (lachend).

Siehst Du nicht, daß ich scherze — ich lache ja — ich kenne ja Dich und kenne Adele.

Carl.

Du kannst wirklich unbesorgt sein. Hab' ich doch die beste und schönste Frau — auf die ich stolz bin.

Anna.

Ich danke Dir für dieses Wort. Du hast mich so verwöhnt durch Deine Liebe und Güte, daß ich es nicht ertragen könnte — wenn ich nicht immer die Beste in Deinen Augen wäre.

Carl (sie umarmend).

Du wirst es stets bleiben.

Anna (etwas abwehrend).

Aber nun geh' — und verhüte ein Unglück (macht sich los).

Carl.

Gut und — klug. Adieu Anna! (Ab d. d. M.)

Anna.

Er geht wahrhaftig — — und nennt mich „klug". — Eigentlich ein Zugeständniß — und doch ist es besser, daß ich lache, als daß ich schmolle. — Ich habe mir schon zu viel merken lassen — ich bin unzufrieden mit mir — im Grunde genommen hat es nichts zu bedeuten und ich hätte es leichter aufgefaßt — wenn ich mich nicht unwohl fühlte. Hoffentlich kommt der Doctor bald. (Setzt sich wieder an ihre Arbeit).

Vierte Scene.

Adele. Anna.

Adele (von links eintretend).

Anna.
Ah — da bist Du ja noch.

Adele.
Ja — wo sollte ich sein?

Anna.
Die Herren suchen Dich. Emil will mit Dir angeln — mein Mann will Dir seine Weizenfelder zeigen.

Adele.
So —! Ich bin zu beiden Vergnügen heut' nicht aufgelegt — und doch — — was soll ich vornehmen?

Anna.
Deine Journale sind auch angekommen.

Adele.
Dann ist ja mein Morgen untergebracht (setzt sich an den Tisch links und nimmt die Journale vor). Wieder schottische Bänder! Was sagst Du dazu?

Anna.
Ist das etwas Besonderes?

Adele.
Ich hätte nicht geglaubt, daß die wieder aufkämen.

Anna.
Die Mode ist ja ein ewiger Kreislauf.

Adele.
Immer mehr Schleifen und Rüschen. Die Paletots lang — aber Gott sei Dank, eng anliegend — die Hüte entzückend. Es geht doch nichts über ein so kleines niedliches Baret.

Anna (hat sie kopfschüttelnd angesehen).

Ich begreife nicht, wie eine Frau von Geist solche Passion für die Mode haben kann.

Adele (lachend).

Die Frau von Geist bedankt sich für das Compliment — aber Du thust, als ob die Toilette etwas ganz Gleichgültiges wäre.

Anna.

Das nicht — ich zahle auch meinen Tribut — aber mir scheint, Du bist so elegant — wie man nur sein kann — hast für jeden Tag eine neue Toilette —: und beschäftigst Dich dennoch mit neuen Plänen.

Adele.

Liebes Kind — Du lebst auf dem Lande — aber Du glaubst nicht, welche Concurrenz wir in der Residenz auszuhalten haben. Das Neue ist veraltet — sowie das Neueste da ist.

Anna.

Das verstehe ich sehr gut — ich glaubte mich auch gut zu kleiden und sehe neben Dir unscheinbar aus.

Adele.

Soll ich Dir Complimente machen, liebe Anna. Was wollte ich für eine Rolle spielen, wenn ich Deinen sanften Blick hätte und Dein anmuthiges Lächeln. Hättest Du zu Raphael's Zeiten gelebt — er würde Dich als Madonna verewigt haben.

Anna.

Heut sind Madonnen und Mondschein aus der Mode. Wir haben elektrisches Licht — darin strahlen die Brillanten heller als je.

Adele.

Ja ja — das ist meine Theorie. Wozu hätten wir

elektrisches Licht, Diamanten — Seide — Glanz, wenn wir das Alles nicht verwerthen wollten um zu gefallen.
Anna.
Gefallen? Lebt man denn aber nur um zu gefallen?
Adele.
Wenn man sich ganz klar ist — ja! Willst Du etwa nicht Deinem Manne gefallen?
Anna.
Oh —
Adele.
Ja siehst Du.
Anna.
Durch meine Toilette aber doch nicht allein.
Adele.
Allein nicht — aber sie gehört dazu. Uebrigens giebt Dein Mann etwas darauf — er hat sich gestern über dies Thema eingehend mit mir unterhalten.
Anna.
Bin ich ihm etwa nicht modern genug?
Adele.
Liebes Herz, Du bist erhaben darüber — Dein Mann liebt Dich und schätzt in Dir Deine guten Eigenschaften — weil er sie kennt. Wir aber in der großen Welt — wer kennt unsre Seele — oder wer giebt sich Mühe, sie kennen zu lernen. Wir sind wie die Vögel — die nach den Federn beurtheilt werden. Darum verdenke es mir nicht — wenn ich ein möglichst glänzendes Gefieder anlege. Und doch verachte ich es — (wirft die Journale fort, steht auf.) Ich beneide Dich, Anna! (setzt sich zu ihr.) Das Leben ist nur schön, wenn man glücklich ist, und Ihr seid wahrhaftig glücklich. Was habe ich?

Anna.

Du wirst ja von aller Welt bewundert.

Adele.

Ja mein Gefieder — ich höre Schmeicheleien — selten mit — oft ganz ohne Geist. Wahrheit — Herz — Gemüth suchen die Männer nicht — weil sie das selbst nicht haben.

Anna.

Oho!

Adele.

Dein Mann natürlich ausgenommen.

Anna.

Wahrhaftig, er ist gut.

Adele.

Das weiß ich — deshalb fühle ich mich auch so wohl bei Euch. Du glaubst nicht, welche Erholung es mir war, nach dem aufreibenden Treiben der Gesellschaft hier in Ruhe mit Dir, meiner besten Freundin, einige Tage zu verleben. Die schöne Zeit wird bald vorüber sein — ich werde nächstens doch an meine Abreise denken müssen (steht auf).

Anna (nach kleiner Pause).

Es war so freundlich von Dir, daß Du mit unsrer ländlichen Einsamkeit fürlieb genommen hast.

Adele (b. S.)

Ah — sie fordert mich nicht auf, zu bleiben.

Anna
(legt die Arbeit fort — aufstehend).

Da sind ja unsere Herren.

Fünfte Scene.

Carl. Emil. Vorige.

Emil (mit einem Rosenbouquet b. d. M.).

Sie scheinen mich vergessen zu haben, gnädige Frau — ich habe an Sie gedacht. (Ueberreicht ihr das Bouquet.)

Adele.

Danke sehr — diese schönen Rosen.

Carl (Emil anstoßend, halb leise).

Lieber Freund — das sind die Lieblingsrosen meiner Frau.

Anna.

Laß ihm doch den kleinen Scherz.

Emil.

Ich habe auch einige Vergißmeinnicht am Wasser gepflückt — die wirst Du mir nicht streitig machen lieber Onkel (giebt sie Adele).

Adele.

Die gefallen mir noch besser wie die Rosen.

Emil.

Ich wäre beinah dabei in's Wasser gefallen — aber für Sie riskire ich mein Leben.

Carl (zu Anna).

Der Junge ist unausstehlich.

Anna (achselzuckend).

Er ist verliebt.

Carl.

Thorheit! — (Zu Adele.) Gnädige Frau, ich suchte Sie — um zu fragen, ob Sie nicht mit mir spazieren fahren wollten.

Emil.

Wir angeln jetzt — nicht wahr gnädige Frau —?

Carl.

Unsinn — es ist bald Mittag — da beißen die Fische nicht — aber es ist die beste Zeit, Würmer zu suchen — das thue nur bald.

Emil.

Ich weiß gar nicht — was der Onkel gegen das Angeln hat!

Carl.

Wir fahren also!

Adele.

Ich glaube die Sonne steht auch für eine Spazier=
fahrt zu hoch.

Emil (schnell).

Es ist sehr heiß — und die Pferde sind auch un=
ruhig wegen der Fliegen.

Carl.

Du hast ganz recht — dann sei so gut und sage dem Kutscher, daß er ausspannt.

Emil (zu Adele).

Die gnädige Frau wollten ja die Rappen gern sehen.

Carl.

Du würdest mich verpflichten — wenn Du meinen Auftrag bald ausführtest — gleich.

Emil.

Ich gehe ja schon. (Bleibt in d. m. Thür stehn.)

Carl.

Wenn Sie angeln wollen, stehe ich auch zu Befehl.

Adele.

Ich danke — ich gebe dies Vergnügen auf, seitdem ich weiß, was eine Angelruthe ist.

Carl.

Eine Angelruthe? —

Adele.

Ist ein Stock — an welchem an einem Ende ein Regenwurm — am andern ein Narr befestigt ist. Wollen Sie angeln?   (Emil schnell ab d. d. M.)

Carl.

Ich danke.

Adele.

Und doch möchte ich an die Luft — (zu Anna) wollen wir eine Promenade durch den Park machen?

Anna.

Liebe Adele — meine Wirthschaft.

Carl.

Ich stehe zu Befehl, gnädige Frau!

Adele.

Ich vermisse meinen Sonnenschirm.

Carl.

Werde ihn sogleich holen.   (Schnell links ab.)

Adele.

Du machst meinethalben doch zu viel Umstände Anna. — Wäre ich nicht hier — würdest Du mehr Zeit für Dich haben.

Anna.

Wo denkst Du hin.

Adele.

Ja ja — die Zeit für meine Reise nach Kissingen rückt auch heran — ich sehe ein, daß es besser ist, wenn ich bald reise.

Carl (von links — hat die letzten Worte gehört).

Reisen? Sie sprachen doch nicht von abreisen gnädige Frau?

Adele.

Allerdings — man muß seinen Freuden ein Maaß stecken — ich glaube ich bin zu lange hier.

Anna.

Aber so plötzlich — das ist Unrecht.

Carl (hat Adele den Sonnenschirm gegeben).

darf ich um Ihren Arm bitten — ich denke, Sie lassen noch etwas mit sich handeln, gnädige Frau.

(Beide ab d. b. M.)

Anna (sieht ihnen nach).

Es war wieder thöricht — ich hätte ihr auch zureden sollen. Ob ich mitgehe? — (entschieden — etwas unwillig) nein — ich will nicht. Sie ist meine beste Freundin — ich traue ihr.

Emil (d. b. Mitte).

Lieber Onkel — — (sieht sich um) Wo ist sie denn schon wieder?

Anna.

Im Buchengang links — da findest Du sie.

Emil.

Ich muß doch dem Onkel melden, daß ausgespannt ist.

Anna.

Gewiß — gewiß. Mach' nur, daß Du sie einholst.

(Emil ab d. b. M.)

Anna.

Sie hat Recht. Das glänzende Gefieder sticht in die Augen. Ich werde doch auch anfangen, die Modejournale zu studiren. (Setzt sich links mit einem Journal.)

Sechste Scene.

Herrmann. Anna. Dann Luck.

Herrmann (d. b. M.).

Gnädige Frau, der Herr Doctor ist soeben vorgefahren.

Anna.

Ich lasse bitten! — (Herrmann ab d. d. M.) Aber ich will mich zusammen nehmen — kein Wort der Klage soll über meine Lippen — mag er lieber denken, daß ich krank bin.

Luck
(d. b. M. — legt Hut und Stock ab).

Wie freue ich mich, Sie zu sehen, gnädige Frau — Sie sind also nicht die Patientin, die mich hierher bringt?

Anna.

Doch, lieber Doctor — doch — ich ließ Sie bitten.

Luck.

Nun — angesehen hätte ich Ihnen das nicht.

Anna.

Bitte — nehmen Sie Platz — ich bin wirklich leidend, lieber Doctor.

Luck.

So — so. Wenn alle Patienten so lächelnd ihr Leid klagten — dann hätte ich leichtes Spiel.

Anna.

Sie scherzen, lieber Doctor — es ist Ernst.

Luck.

Da muß ich also im Ernst fragen, was Ihnen fehlt?

Anna.

Ja — wenn ich das wüßte — dazu habe ich Sie ja rufen lassen.

Luck.

Wollen Sie mir Ihren Puls erlauben (fühlt nach den Puls — sieht dabei nach der Uhr). Ganz normal! Sie haben Schmerzen?

Anna.

Nein — aber ich habe eine Unruhe — die ich Ihnen gar nicht beschreiben kann.

Luck.

Schon lange?

Anna.

Seit einigen Tagen. Es ist mir als ob manchmal alles Blut zum Herzen und zum Kopf drängt — ein Gefühl, als ob mir die Brust zu springen drohte, ein Gefühl, das ich gar nicht beschreiben kann.

Luck.

So — so —

Anna.

Ich schlafe schlecht — die beiden letzten Nächte fast gar nicht — Morgens überfällt mich dann eine Mattigkeit — die ich früher nie gekannt habe — ich glaube, lieber Doctor — es ist ein Nervenfieber im Anzuge.

Luck (lachend).

Da käme ich grade zur rechten Zeit. Haben Sie irgend eine Aufregung gehabt. —

Anna.

Nein.

Luck.

Oder einen Kummer?

Anna (schnell).

Oh nein!

Luck.

Oder sollte Sie gar mein guter Freund Carl geärgert haben?

Anna.

Nein! (gezwungen lachend) Wo denken Sie hin?

2*

Luck.

Verzeihen Sie, daß ich danach frage — aber ein Arzt muß manchmal indiscrete Fragen stellen, und Sie wissen, ein Patient muß offen sein.

Anna (lachend).

Ja wohl, fragen Sie nur immer weiter.

Luck.

Ich bin eigentlich am Ende mit fragen — oder — wollen Sie krank sein, gnädige Frau?

Anna.

Das ist schlecht von Ihnen, Doctor. Sie wissen, daß ich zur Intriguantin gar kein Talent habe.

Luck.

Ja ich glaube zum Kranksein noch weniger. Hm — hm — etwas steckt dahinter.

Anna (von jetzt an gesucht munter).

Kluger Doctor, merken Sie denn noch nichts — ha ha — Sie sollten bei uns zu Tisch bleiben.

Luck.

Ah — das ist allerdings eine neue Form der Einladung. Also ein feines Gericht — gewiß eine Gänseleberpastete!

Anna.

Nein — diesmal ist es mehr ein Schaugericht. Wir haben Besuch — meine intimste Jugendfreundin, was könnten wir ihr für eine bessere Gesellschaft schaffen — als unsern geistreichen Hausarzt.

Luck (küßt ihr die Hand).

Sie sind liebenswürdig wie immer, gnädige Frau.

Anna.

Aber lieber Doctor — thun Sie mir den Gefallen und seien Sie heut' recht geistreich.

Luck.

Eine gefährliche Aufforderung — wenn man geistreich sein soll, ist man gewöhnlich am dümmsten.

Anna.

Oh — bei Ihnen kann man das riskiren! — Jetzt werde ich Ihnen aber meinen Mann holen — (giebt ihm die Hand). Ich freue mich, Doctor — ich freue mich wahrhaftig — daß Sie da sind. Haha! (schnell ab d. d. M.)

Luck (ihr nachsehend.)

Sonderbar! Das war nicht ganz natürlich — zuerst niedergeschlagen — im Ernst gedrückt — dann diese Lustigkeit. So leicht bethört man seinen Hausarzt nicht, schöne Frau. — — Wollten Sie mich zu Tische haben, hätten sie es direct geschrieben. Hm — hm — nun wir werden ja sehen.

Siebente Scene.

Luck. Carl.

Carl (d. d. M.).

Ah lieber Doctor — willkommen — freue mich ja herzlich, Dich zu sehen, Du bist doch nicht böse, daß Dich meine Frau herbeigezaubert hat — wie sie sagt.

Luck.

Gott bewahre. Wir haben so grassirende Gesundheit, daß ich Zeit für Euch habe.

Carl
(präsentirt seine Cigarrentasche).

Willst Du eine Cigarette? — setz' Dich. Es ist gut, daß wir einen Augenblick allein sind. Ich habe eine Bitte an Dich — hier ist Feuer — (giebt ihm Feuer) Wir haben nämlich Besuch.

Luck.
Deine Frau hat mir schon erzählt — eine Freundin.
Carl.
Eine recht nette Frau — klug — liebenswürdig — gescheidt — schön — graciös —
Luck.
Nu — nu — nu — nu —.
Carl.
Ja wahrhaftig. Als sie ankam, war sie von den vielen Gesellschaften und Bällen angegriffen — sah ganz blaß aus — der Landaufenthalt hier hat sie merkwürdig gestärkt —
Luck.
Ihr pfuscht mir ja ins Handwerk.
Carl.
Jetzt will sie plötzlich fort — Du sollst ihr zureden, daß sie noch bleibt — vom ärztlichen Standpunkt aus — verstehst Du.
Luck.
Den Gefallen kann ich Dir mit gutem Gewissen thun.
Carl.
Dann noch etwas — bringe doch heute gelegentlich das Gespräch darauf — daß man eigentlich eine Badekur gebrauchen müßte — ehe man ganz krank ist.
Luck.
Prophylaktische Behandlung. Aber wer soll die Kur gebrauchen?
Carl.
Ich!
Luck.
Ach so — etwas Seebad oder Alpenluft.

Carl.
Nein — Du mußt mich nach Kissingen schicken.
Luck.
Ah — nach Kissingen — auf die Idee wäre ich allerdings nicht gekommen.
Carl.
Ich bin überzeugt, daß es mir sehr gut ist — und Du mußt thun, als wenn die Idee von Dir ausginge. Als alter Freund thust Du mir den Gefallen — nicht wahr? (giebt ihm die Hand).
Luck.
Wenn Du durchaus willst. — Jetzt verstehe ich Dich erst — die Freundin soll hier bleiben und Deiner Frau Gesellschaft leisten.
Carl (herausfahrend).
Nein — — die geht auch nach Kissing — — (schlägt sich auf den Mund) Oh das war dumm — da habe ich mich verschnappt.
Luck.
So, so — so — (bei Seite). Daher die Beklemmungen!
Carl.
Was sagst Du?
Luck.
Nichts — ich bewundre Dich nur.
Carl.
Weshalb soll ich vor Dir ein Geheimniß haben. Die Frau gefällt mir, und ihre Gesellschaft ist so anregend, daß mir die Kur sehr gut bekommen wird.
Luck.
So — so — so —
Carl.
Nein nicht so — so — so — es ist die beste Freundin meiner Frau.

Luck.

Ach so — und nun soll es auch Deine beste Freundin werden?

Carl.

Ach — mach' keine Scherze.

Luck.

Weiß sie denn, daß Du auch nach Kissingen willst?

Carl.

Ich sprach davon.

Luck (forschend).

Und sie ist damit einverstanden?

Carl.

Unter uns — ich denke es.

Luck (v. S.).

Scheint ja eine nette Fliege zu sein, die Freundin!

Carl.

Wir reisen natürlich nicht zusammen.

Luck.

I Gott bewahre —! Man trifft sich so — zufällig — — Aber sage mal, lieber Freund — was wird denn Deine Frau dazu sagen?

Carl.

Meine Frau? — Ja — da sollst Du mir grade helfen!

Luck.

Ich danke für das Vertrauen — (schüttelt ihm ironisch die Hand) Nun — sei unbesorgt — ich werde Dir nach besten Kräften dienen.

Carl.

Du bist wirklich ein wahrer Freund. Meinen Dank im Voraus. — Jetzt lasse ich Dich aber allein, damit die Damen nicht merken, daß wir uns verabredet haben. (sieht Emil eintreten). Da ist ja mein Neffe. —

Achte Scene.

Emil. Luck. Carl.

Emil (b. b. M.).

Carl (vorstellend).

Herr Doctor Luck — mein Neffe — Emil von Römer — sei so gut und unterhalte den Herrn Doctor etwas — ich werde in den Weinkeller gehn. (Carl rechts ab).

Luck.

Sie sind schon einige Zeit im Hause Ihres Onkels.

Emil.

Ich habe meine Ferien hier verlebt.

Luck.

Ich höre, es ist noch Besuch hier — eine Dame —

Emil.

Ah — Frau von Turnau.

Luck.

Ganz recht! — — sie soll hübsch sein.

Emil.

Hübsch — nein. Schön — hinreißend schön.

Luck (v. S.).

Das scheint der dritte Patient zu sein. (laut) Sie ist auch liebenswürdig?

Emil.

Entzückend. — Sie ist das reizendste Wesen, das auf der Erde wandelt — es ist ein verkörperter Sonnenstrahl — ein Accord, der Leben gewonnen hat — es ist der Inbegriff aller Schönheit — alles Liebreizes — aller Vollkommenheit.

Luck.

Ich danke. (giebt ihm die Hand). Jetzt bin ich vollständig orientirt.

Emil.

Wie werde ich es nur aushalten — wenn ich nicht mehr in ihrer Nähe weilen darf. — Ach — Herr Doctor — eine Idee!

Luck.

Wollen Sie etwa heirathen?

Emil.

Ach — an so etwas denkt man doch nicht, wenn man verliebt ist. Aber Sie können mir helfen. —

Luck.

Wollen Sie vielleicht auch nach Kissingen.

Emil.

Nein — aber ich möchte hier bleiben.

Luck.

Ja — da bleiben Sie doch.

Emil.

Die Schule geht ja wieder an. Montag sind meine Ferien zu Ende — aber wenn Sie mir ein Attest ausstellen -- daß ich krank bin — kann ich noch bleiben.

Luck.

Ach so.

Emil.

Machen Sie es nur recht schlimm — damit ich recht lange bleiben kann.

Luck.

Lieber junger Freund — was verlangen Sie von mir. Ich soll Ihnen attestiren, daß Sie krank sind, habe aber die Ueberzeugung, daß Sie ganz gesund sind, bis auf eine kleine Gehirnaffection, die sich von selber geben wird, wenn Sie sich wieder einige Tage in der Prima aufgehalten haben. Wie kommen Sie darauf mir zuzumuthen, daß ich gegen meine Ueberzeugung etwas attestire.

Emil.

Ach so — ich habe vergessen zu sagen, daß ich Schmerzen habe.

Luck (lachend).

Ach — so —

Emil.

Entsetzliche Seitenstiche.

Luck.

Bravo — ich werde Sie nachher untersuchen, schicke Sie ins Bett, und um die Sache recht natürlich zu machen setze ich Ihnen zehn bis zwölf Blutegel oder applicire Ihnen einen Aderlaß.

Emil.

Das ist wohl etwas zu viel.

Luck.

Glauben Sie denn, daß Frau von Turnau erfreut sein würde — wenn Sie hier bleiben?

Emil (überzeugt).

Ja ganz gewiß. Dieses Vergißmeinnicht hat sie mir gestern geschenkt. (Küßt es.)

Luck.

Und würde sich der Onkel auch freuen?

Emil.

Der platzt vor Neid. — Der macht ihr nämlich den Hof.

Luck.

Was Sie sagen. Sie scheinen für Ihr Alter schon viele Erfahrungen zu haben.

Emil.

Aber Sie helfen mir — nicht wahr Herr Doctor, ich verlasse mich auf Sie.

Luck.

Sein Sie überzeugt — ich bin ja zum Helfen da!

Emil.
Sie ist zu schön! (Emil ab rechts.)

Luck (allein).

Jetzt sehe ich ziemlich klar. Die arme kleine Frau scheint wirklich krank zu sein — denn die Freundin ist eine Kokette — die den Mann umgarnt hat. Da bin ich zur richtigen Zeit gekommen. Bei mir soll ihre Koketterie abprallen — es soll mir Freude machen sie so zu behandeln, wie sie es verdient.

Neunte Scene.

Adele. Anna. Luck.

Anna.

Liebe Adele, hier stelle ich Dir den besten Freund unseres Hauses vor, Herr Dr. Luck. — Meine Freundin, Frau von Turnau. Es wird nicht lange dauern — so werdet ihr auch die besten Freunde sein. —

Luck (b. S).
Ich mache drei Kreuze.

Anna (leise).

Vergessen Sie nicht, recht geistreich zu sein — Adele — Du entschuldigst mich einen Augenblick. (Ab nach links.)

Adele.

Meine Freundin hat mir schon viel Gutes von Ihnen erzählt, daß ich mich auf Ihre Bekanntschaft freue.

Luck.
Mir ist es leider ebenso gegangen.

Adele (erstaunt).
Leider?

Luck.

Ja — wir haben von einander so viel Gutes und Schönes gehört — daß die Erwartungen sehr hoch gespannt sind — und wir gegenseitig leicht enttäuscht sein können.

Adele.

Es ist wahr. Der umgekehrte Fall wäre besser.

Luck.

Weit besser.

Adele.

Aber wollen wir uns nicht setzen? (setzt sich links) bitte — (bietet einen Platz in ihrer Nähe an).

Luck.

Wenn Sie gestatten, nehme ich hier Platz. (Setzt sich rechts — v. S.) Bei solchen Augen muß man aus der Schußweite bleiben.

Adele.

Wenn man aus der Residenz kömmt, glaubt man anfänglich, daß es auf dem Lande gar nicht auszuhalten sei.

Luck.

Das glaube ich!

Adele.

Aber man lebt sich ein — und ich bin sehr zufrieden, fühle mich wirklich sehr gekräftigt.

Luck (trocken).

Es ist bekannt, daß die Landluft sehr stärkend ist.

Adele.

Sie finden mein Aussehen gut Herr Doctor?

Luck.

Verzeihung! bei den Damen aus der Residenz weiß man immer nicht, wie weit die Blässe der Wirkung des Poudre de riz zuzuschreiben ist.

Adele (lachend).

Ich gebrauche niemals poudre de riz.

Luck.

Und ich habe noch nie eine Dame gefunden, die den Gebrauch zugiebt.

Adele (etwas spitz).

Sie scheinen allerdings mit den Sitten und Gebräuchen der Residenz sehr vertraut zu sein — aber es ist doch gut, daß Sie in der Provinz leben.

Luck.

So?

Adele.

Ja — ich glaube nicht, daß der Ton, den Sie anschlagen, der geeignete wäre, um Ihnen zu einer großen Praxis in der Residenz zu verhelfen.

Luck.

Sehn Sie — wie recht ich hatte — ich mißfalle Ihnen schon.

Adele.

Das habe ich nicht gesagt. Ich für meinen Theil ertrage Offenheit — besonders wenn ich Wahrheit darin sehe. Dennoch meine ich, daß eine gewisse Derbheit im Allgemeinen nicht der Schlüssel ist, um sich bei Frauen große Sympathie zu erwerben.

Luck.

Frauenpraxis — das ist auch nie meine Passion gewesen   Der Umgang mit koketten — kapriciösen Wesen war mir niemals sehr sympathisch — und das sind die Frauen mehr oder weniger doch alle, (trommelt mit den Fingern auf den Tisch) mit wenigen Ausnahmen.

Adele (v. S).

Das ist stark.

Zehnte Scene.

Anna. Vorige.

Anna
(tritt von links ein — im Vorübergehen zu Adele).

Nun — wie gefällt er Dir?

Adele (leise).

Ein ziemlich impertinenter Mensch!

Anna (geht weiter).

Oh — (zu Luck) Was sagen Sie?

Luck (leise).

Ganz unsympathisch.

Anna (b. S.).

Das ist ja merkwürdig! (Rechts ab.)

Adele.

Wunderbar.

Luck.

Wie sagten Sie, gnädige Frau?

Adele.

Wunderbar — sagte ich — daß man sich von jedem Menschen ein Bild macht — ehe man ihn gesehen hat. Als meine Freundin von Ihnen erzählte, hatte ich mir Sie vorgestellt als einen Mann, der gesprächig — heiter — liebenswürdig ist.

Luck.

Und finden gerade das Gegentheil — wollen Sie sagen — bitte geniren Sie sich nicht.

Adele.

Nun ja!

Luck.

Allerdings bilde ich mir ein, daß ich von den vorausgesetzten Eigenschaften — wenn es darauf ankömmt — immer etwas zur Disposition habe.

Adele (böse).

Das wird ja immer besser. Sie scheinen damit sagen zu wollen, daß Sie mir gegenüber keine Anstrengungen zu machen beabsichtigen. Vielleicht sind Sie angegriffen — vielleicht haben Sie heut' früh schon zuviel kurirt!

Luck.

Oh nein — durchaus nicht — ich habe meine Haupt=Kur erst noch zu machen.

Adele.

Nun ich danke Gott — daß ich nicht Ihre Patientin bin. (Dreht ihm den Rücken.)

Luck.

Dazu haben Sie alle Veranlassung.

Adele.

Wie so? (Sieht sich nach ihm um — dreht sich dann gleich wieder zurück.)

Luck.

Ich bin ein Feind aller halben Maßregeln — und müßte eine Radikal=Kur vornehmen.

Adele (springt auf).

Ich begreife nicht, daß ich mir von einem Fremden Dinge sagen lassen soll — — (will hinausgehen) Mein liebenswürdiger und verbindlicher Herr — ich räume Ihnen also das Feld. (Will gehn.)

Luck (steht auf).

Gnädige Frau — es ist doch besser — daß ich Ihnen eine Aufklärung gebe. Wollen Sie mir noch einen Augenblick schenken.

Adele (bleibt stehen).

Ich weiß in der That nicht — ob ich es wagen kann.

Luck.

Sie sagten vorhin, daß Sie die Offenheit vertrügen — ich will nur offen sein — so offen als nöthig.

Adele.
Ich bin in der That gespannt. (Kommt wieder vor und setzt sich).

Luck (flehend).
Gnädige Frau — Herr von Römer ist mein Jugendfreund. Wir haben zusammen die Universität besucht — ein gütiges Geschick hat uns hier wieder zusammengeführt, nachdem wir uns Beide, Jeder in seiner Art, seßhaft gemacht hatten. Ich habe die Liebe zu seiner Frau entstehen sehen — war auf seiner Hochzeit — habe das Glück in dies Haus einziehen sehn und war Zeuge, wie sie es hüteten. Das Glück dieses Hauses hat mich ausgesöhnt mit den Tausend Härten; denen ich täglich im Leben begegnet bin.

Adele (b. S.).
Er spricht nicht schlecht.

Luck.
Da eines Tages werde ich in dieses Haus gerufen, ich finde die Frau, die ich wie eine Schwester verehre und liebe, auf dem Wege, elend zu werden.

Adele (erstaunt).
Anna elend?

Luck.
Das Herz ihres Gatten hatte sich von ihr abgewendet. Er war in die Hände einer Koketten gerathen, die — vielleicht nur zu ihrer Unterhaltung mit ihm spielte. Die Frau, zu stolz, der Welt ihren Kummer zu zeigen, verbirgt ihn unter Lächeln — aber das Herz wird ihr dabei brechen.

Adele (steht auf).
Ich verstehe — der Roman spielt heute — und ich — — ich bin die Kokette. Ich danke Ihnen für die gute Meinung, die Sie von mir haben.

Luck.

Ich habe nur als Hausarzt meine Schuldigkeit gethan.

Adele.

Ich bin zwar nicht Hausarzt — doch ich denke, ich habe auch meine Schuldigkeit gethan.

Luck (zuckt die Achseln).

Adele.

Lassen wir alle Umschreibungen bei Seite. Die Schilderung, die Sie vorhin machten — hätte ich schon vor einigen Tagen machen können. Ich kam in dieses Haus, unbefangen — ohne jede andre Absicht als meine Freundin wiederzusehn. Da kommt der Mann auf die Idee — daß ihm meine Toilette besser gefällt, als die seiner Frau — die Männer sind ja mehr oder weniger alle schwach — er erweist mir Aufmerksamkeiten — vielleicht auf Kosten seiner Frau — mit einem Wort — er interessirt sich für mich. Ich faßte zuerst den Entschluß, nach dieser Entdeckung sofort abzureisen — dann überlegte ich und wollte mehr — er sollte geheilt werden. Sie verzeihen — ich kannte den Hausarzt der Familie noch nicht, und so unternahm ich die Kur, indem ich mich selbst opferte.

Luck.

Wie das?

Adele.

Ich denke es ist ein Opfer, wenn eine Frau von Herz sich für eine Kokette halten läßt. Vielleicht war das Mittel nicht das richtige — jedenfalls hat es wenig geholfen — der junge Emil, ein halbes Kind, lief bereitwillig in meine Netze — aber er fällt zu wenig in's Gewicht — mein Patient übersieht ihn! Oh ich gäbe etwas darum, wenn ich meiner Freundin helfen könnte!

Luck.
Sie wollten wirklich helfen?

Adele.
So wahr ich wünsche, selbst glücklich zu werden.

Luck.
Dann habe ich Ihnen bitter unrecht gethan gnädige Frau — können Sie mir vergeben?

Adele.
Sie hatten ganz recht — der Schein war gegen mich. Aber wir haben jetzt dasselbe Ziel — handeln wir doch zusammen — einen besseren Beweis meiner Aufrichtigkeit kann ich Ihnen nicht geben.

Luck.
Das heißt, Sie wollen Ihre Experimente mit mir fortsetzen.

Adele.
Er soll den Werth seiner Frau einsehn und den Unwerth der Koketten erkennen. Sie müssen mir freilich dabei assistiren. Es ist etwas viel verlangt — aber denken Sie — daß es ein gutes Werk gilt.

Luck (ihr die Hand küssend).
Ich glaube es ist der interessanteste und angenehmste Fall in meiner ganzen Praxis.

Adele.
Still — man kömmt.

Elfte Scene.

Carl. Anna. Vorige.

Luck (zu Anna).
Meine verehrte Frau, auf ein Wort. Ich kenne jetzt

die Patienten in Ihrem Hause. Verlassen Sie sich auf mich. (Drückt ihr die Hand — leise weiter sprechend.)

Carl (zu Adele).

Endlich wieder ein Sonnenblick.

Adele.

Uebertreiben Sie nicht und halten Sie mich nicht für leichtgläubig. Sie lassen mich eine Stunde allein und thun dann, als hätte ich Ihnen gefehlt, — das ist wohlfeil.

Carl.

Oh — hätte ich keine Rücksichten zu nehmen (Blick auf Anna). ich wäre von Ihnen so unzertrennlich wie der Mond von der Erde.

Adele.

Sehr hübsches Bild. Unzertrennlich — und doch wie viel Meilen entfernt von einander. Ach, das sagt uns gewiß der Doctor.

Carl.

Lassen Sie doch den Doctor — der hat mit meiner Frau zu sprechen.

Adele.

Es ist übrigens ein sehr netter Mensch dieser Doctor!

Carl.

Ein wenig Pedant.

Adele.

Aber er hat Herz und Gemüth.

Carl.

Haben Sie das in der kurzen Zeit entdecken können?

Adele.

Wir Frauen haben einen scharfen Blick — und dann giebt es ein gewisses Etwas — nennen Sie es wie Sie wollen — Attraction — Fluidum — Sympathie — es ist da, und man steht unbewußt unter seiner Herrschaft.

Carl.
Das Gefühl kenne ich auch.
Adele.
Ganz natürlich. Sie sind glücklich — wer sollte es mit Anna nicht sein? (Wendet sich ab und setzt sich.)
Carl.
Ja — — wer sollte es mit Anna nicht sein? — (b. S.) sie ist eifersüchtig — (zu Adele) Gnädige Frau, ich glaube Sie haben mich doch nicht ganz verstanden — ich meine nämlich — —

Zwölfte Scene.

Emil. Vorige.

Emil
(b. d. M. mit dem Bouquet von vorhin).

Frau von Turnau, Sie haben etwas im Garten liegen lassen — (übergiebt das Bouquet) da ich immer Ihren Spuren folge — — —

Adele
(gleichgültig das Bouquet betrachtend).

Sie sind welk die Rosen — erbarmen Sie sich ihrer — stellen Sie sie ins Wasser.

Emil.
Es ist Ihr Bouquet gnädige Frau.

Adele.
Ich weiß — ich schenke es Ihnen.

Carl.
So stell sie doch in's Wasser — Du hast ja gehört. — (Sich zu Adele wendend) Ich meine — —

Adele (mit Ironie).
Nun was meinen Sie denn eigentlich?

Carl.
Ich meine, daß das Gefühl der Sympathie nur dann beseeligen kann — wenn es auf Gegenseitigkeit beruht.
Adele.
Sehr richtig — Ich möchte wohl wissen, wie der Doctor über mich denkt.
Emil.
Gnädige Frau darf ich — —
Carl.
Du hörst doch, daß wir sehr ernst zusammensprechen.
Adele.
Ja bitte stören Sie uns nicht.
Emil
(mißvergnügt — legt die Rosen auf den Tisch)

Ich werde frische Rosen pflücken — aber für die Tante — (geht nach hinten.)
Luck (indem Emil bei ihm vorübergeht).
Was machen denn die Seitenstiche?
Emil.
— Danke — die lassen nach! (ab d. d. M.)
Luck.
Der scheint kurirt zu sein. (wendet sich wieder zu Anna) Ich urtheilte vorhin zu schnell — ich widerrufe Alles — Ihre Freundin ist bezaubernd.
Anna.
Also Sie liegen auch in ihren Banden?
Luck.
Lassen Sie sich erklären — (leise weiter).
Adele (zu Carl).
Mir scheint der Doctor unterhält sich sehr gut mit Ihrer Frau — vielleicht auch Sympathie?
Carl.
Nur Freundschaft.

Adele.
Wie schön — wenn man mit solcher Sicherheit auf Jemand bauen kann.
Carl.
Auf mich könnten Sie immer bauen.
Anna.
Ich möchte es nicht versuchen.
Carl.
Wahrhaftig.
Adele (leise).
Pst — man hört uns.

(Nachdem Anna mit Luck lebhaft gesprochen — führt er sie bis zur Mittelthür — Anna ab d. d. M.)

Adele (zu Luck).
Wir führen soeben ein sehr interessantes Gespräch lieber Herr Doctor über Sympathie.
Carl
(winkt Luck verstohlen mit der Hand, daß er hinausgehen soll).
Luck.
Sympathie gehört eigentlich in das Mystische — ich bin Realist.
Carl.
Du hast Recht lieber Freund — es ist nicht dein Feld (winkt wieder heimlich).
Adele.
Glauben Sie das nicht — — der Doctor hat soviel zarte Empfindungen, daß er sie mit Gewalt verheimlichen will.
Luck.
Wenn auch das nicht, so nehme ich die Gelegenheit wahr um etwas zu lernen (setzt sich rechts) lassen Sie sich gar nicht stören.
Carl (zu ihm tretend).
Mensch verstehst Du uns denn nicht — laß uns doch allein.

Luck.

Ich habe dieselbe Bitte. — Mach nur — (winkt ihm auch hinaus).

Carl.

Was soll Dir das nützen.

Luck.

Wer weiß! (laut) aber bitte, Du vergißt deine Unterhaltung.

Adele.

Um Sie zu gewinnen, lassen wir das Thema fallen — Sie verstehen, wie ich vorhin bemerkte, geistreich zu plaudern.

Luck.

Das Verdienst fällt auf Sie zurück.

Adele.

Auf mich?

Luck.

Sie geben die Anregung — Ihr ganzes Wesen zieht von dem Alltäglichen ab und zwingt selbst den Realisten, seine Grundsätze zu vergessen. Ein zustimmender Blick aus Ihrem Auge ist der Preis, den sich der Sieger im Kampf erringt. Ein Wort aus Ihrem Munde bringt den Geist von Neuem in Fluß!

Carl (spitz).

Man kann auch zuviel reden!

Adele (zu Carl).

Der Doctor übertreibt — vorhin schleppte unsre Unterhaltung.

Carl.

Jetzt scheint sie auf meine Kosten zu gehn!

Luck.

Du bist wirklich etwas Hypochonder — Kissingen wird Dir ganz gut thun.

Adele.
Hat Ihnen der Doctor Kissingen verordnet?
Carl.
Ja — (zu Luck) nicht mehr sehr ernst.
Adele.
Oh da folgen Sie ja dem Rath.
Carl (freudig)
Wenn Sie wünschen.
Luck.
Ich habe schon mit Deiner Frau gesprochen — sie hat Nichts dagegen —.
Carl.
Hören Sie? — (giebt Luck d. Hand) ich danke Dir!
Adele.
Mir hat der Doctor leider von Kissingen abgerathen.
Carl (entrüstet).
Abgerathen?
Luck.
Nach meiner besten Ueberzeugung.
Carl.
Ach der versteht ja davon Nichts.
Luck.
Ich habe der gnädigen Frau einen Aufenthalt in Tarasp vorgeschlagen.
Carl.
Ach was haben Sie denn da — so weit und so hoch — —.
Adele.
Oh, unter anderen die Gesellschaft Ihres Freundes.
Luck.
Ich gehe hin — ja — und ich gestehe, es war etwas Egoismus bei dem Vorschlag — aber die Versuchung war zu stark.

Carl.

Sie werden also hingehn gnädige Frau?

Adele.

Ja. — Ich bin ganz frei — und es paſſirt mir ſo ſelten, daß ich Jemand finde — deſſen Geſellſchaft mir recht behagt. In dieſem Fall freue ich mich auf die geiſtigen Genüſſe noch mehr, als auf die ſtärkende Luft.

Carl (b. S.).

Quackſalber!

Luck.

Ich fürchte Sie überſchätzen mich, gnädige Frau — ſo ſchmeichelhaft Ihre Meinung auch für mich iſt.

Adele (giebt ihm die Hand).

Mein lieber Doctor — Sie haben Eigenſchaften — die dauernd feſſeln.

Luck (küßt ihr die Hand).

Sie machen mich ſtolz und — — glücklich gnädige Frau.

Carl (b. S.).

Ein netter Freund! Sie werden ſich gleich um den Hals fallen! (Emil iſt eingetreten und ſucht ein Buch — mürriſch) Was ſuchſt Du?

Dreizehnte Scene.

Emil. Vorige.

Emil (v. d. M. ſucht ein Buch).

Ah — hier. — Die Wahlverwandſchaften — (zu Adele) Sie leſen es wohl nicht mehr, ich will der Tante ein Kapitel daraus vorleſen.

Adele (lachend).

Ich danke.

Carl
(nimmt ihm das Buch fort und steckt es in die Tasche).

Gieb her — ich werde es meiner Frau selbst vor=
lesen. (Im Hinausgehen v. S.) Kokette!

Emil.
Ich werde der Kammerjungfer ein Bouquet pflücken!
(Ab v. d. Mitte.)

Vierzehnte Scene.

Luck. Adele.

Adele
(sieht Luck an, bricht dann in Lachen aus).

Hahaha.

Luck (ebenso).

Hahaha —

Adele.
Nun was sagen Sie?

Luck.
Wir haben unsre Rollen sehr gut gespielt.

Adele.
Er glaubt wirklich, daß Sie ein Interesse für mich haben. — Jetzt ist er bei seiner Frau — beichtet — verspricht —

Luck.
Sie erzählt ihm den ganzen Zusammenhang —

Adele.
Giebt ihm einen Kuß — —

Luck.
Und unser Roman ist zu Ende.

Adele.
Ja sehn Sie — so ist Alles Schein auf der Welt!

Luck.

Alles doch wohl nicht, gnädige Frau. — Ihr Herz — Ihr Geist das ist schöne Wirklichkeit.

Adele.

Sie brauchen sich nicht mehr anzustrengen — wir sind allein!

Luck.

Ich wünschte eigentlich, die Kur wäre nicht so schnell geglückt.

Adele.

Ich bin mit der schnellen Lösung zufrieden —

Luck.

(Kleine Pause.) Mir ist, als hätte ich im Traume Schätze aufgehäuft und beim Erwachen verschwinden sie mir unter den Händen. Soll mir denn gar Nichts davon bleiben?

Adele (steht auf).

Wollen wir nicht nach unseren Freunden sehen?

(Will gehn.)

Luck (sie aufhaltend).

Gnädige Frau — Sie haben mir meine Frage noch nicht beantwortet. Soll mir wirklich gar Nichts bleiben?

Adele.

Ja besitze ich denn die Schätze von denen Sie geträumt haben. Habe ich Ihnen denn etwas zu geben?

Luck.

Das ist kokett, gnädige Frau.

Adele.

Sie haben Recht — es liegt Gefahr darin, gegen Sie nicht aufrichtig zu sein.

Luck.

Sie fühlen, daß Sie mir Viel — daß Sie mir Alles geben können.

Adele (reicht ihm die Hand.)

Und doch bleibt es immer nur wenig.

Luck.

Mich macht es unendlich reich!

Fünfzehnte Scene.

Carl. Anna. Emil. Vorige.

(Carl und Anna treten Arm in Arm ein v. d. M. — Emil folgt, sie sehen Adele und Luck — die etwas seitwärts stehn.)

Carl.

Sieh' nur — sie wollen uns noch weiter Komödie vorspielen. (tritt zu Luck) Lieber Freund — strenge Dich nicht mehr an — ich bin vollständig kurirt.

Luck (Hand gebend).

So — das freut mich.

(Adele tritt zu Anna und spricht mit ihr.)

Carl.

Aber unter uns — einen guten Rath will ich Dir geben — nimm Dich vor der Frau in Acht.

Luck (mit Spott)

Meinst Du?

Carl.

Problematische Natur — kein Herz!

Luck.

Problematisch? Für Dich?

Carl.

Ja — noch mehr — kokett — eigentlich schon Dämon — Satan — darauf kannst Du Dich verlassen — ich weiß das genau.

Anna.

Carl — hast Du gehört — der Doctor und Adele — —

Luck.

Reisen wirklich zusammen nach Tarasp.

Anna.

Noch mehr — —. —

Carl (erschrocken).

Was? — (giebt ihm die Hand) Na da entschuldige lieber Freund. Sie ist übrigens wirklich nicht so schlimm — wahrhaftig nicht.

Adele.

Haben Sie keine Sorge — er wird mich schon kuriren (reicht Luck die Hand).

Emil

(steht in der Mitte zwischen Luck u. Adele — hält die Hand hoch).

Ich heirathe nie!

Der Vorhang fällt.